LE
MIRACLE GREC

D'HOMÈRE A ARISTOTE

ESSAI SUR L'ÉVOLUTION DE L'ESPRIT GREC

ET

SUR LA GENÈSE DES GENRES CLASSIQUES

PAR

Eugène LINTILHAC

VERSAILLES

IMPRIMERIE CERF ET Cie

59, RUE DUPLESSIS, 59

1895

LE
MIRACLE GREC

D'HOMÈRE A ARISTOTE

ESSAI SUR L'ÉVOLUTION DE L'ESPRIT GREC

ET

SUR LA GENÈSE DES GENRES CLASSIQUES

PAR

Eugène LINTILHAC

VERSAILLES

IMPRIMERIE CERF ET Cⁱᵉ

59, RUE DUPLESSIS, 59

—

1895

A MM. ALFRED ET MAURICE CROISET

A la terre grecque enfin vue
Hommage dû et ému.

E. L.

LE

MIRACLE GREC

D'HOMÈRE A ARISTOTE

INTRODUCTION

Le mot d'*évolution* revient souvent sous la plume de
MM. Alfred et Maurice Croiset au cours de leur *Histoire de la littérature grecque :* c'est donc qu'il leur est
suggéré par la nature même de leur sujet. Ils sont en
effet au-dessus du soupçon de sacrifier à la mode et de
regarder l'heure à la montre d'autrui. Ils ont leur
montre : dès 1887, deux ans avant que M. Brunetière
eût fait délibérément de l'*Evolution des genres* le sujet
de ses leçons à l'Ecole normale et, comme aimait à dire
Boileau, le mot du *guet* pour la critique, M. Alfred
Croiset déclarait formellement, dans sa préface, et
M. Maurice Croiset prouvait amplement, dans son intro-
duction, que leur principal et commun objet serait
« l'évolution technique des genres littéraires ».

Cette expression est donc toute spontanée dans leur
magistral ouvrage. Elle n'est qu'un écho, mais bien
sincère, en tête de cet essai né de nos réflexions et de
nos contemplations, au long d'un pèlerinage solitaire
où nous avions, pour viatique spirituel, dans notre
valise, la *Littérature grecque* de MM. Croiset que nous
lisions et vivions pendant nos haltes suggestives au

cœur des sanctuaires du génie athénien, et de Delphes
à Olympie. Ah ! les vraies *nuits attiques !*

Aussi bien l'occasion est tout à fait propice, pour
considérer leur œuvre de ce biais, en dégager et en vul-
gariser l'idée cardinale, et y montrer le pouvoir du mot
évolution mis en sa place, car le quatrième volume qui
vient de paraître (*Période attique* : *Éloquence, Histoire,
Philosophie*) clôt justement la période pendant laquelle
l'hellénisme a évolué en liberté.

Le lecteur français a en effet maintenant sous les yeux,
pour la première fois, un tableau complet du dévelop-
pement de l'esprit grec, dans le domaine littéraire, pendant les cinq ou six siècles où il s'y est donné carrière
en dehors de toute influence étrangère, c'est-à-dire sans
avoir pour modèle aucun genre littéraire importé. Jamais on n'avait dépensé tant de science et de goût, pour
nous faire voir comment l'évolution libre de l'esprit
d'une seule race, a engendré spontanément les formes
littéraires sur lesquelles allaient se mouler désormais
les plus heureuses productions de l'esprit humain. Pouvoir se rendre compte, ne fût-ce qu'en gros, d'un tel
phénomène, unique dans l'histoire des lettres, préface
lumineuse de cette histoire naturelle des esprits que
rêvait Sainte-Beuve, n'est-ce pas un véritable événement intellectuel et de quoi arracher une partie du public à la frivolité ordinaire de ses lectures ?

A l'intérêt éminent du sujet s'ajoute même l'attrait
du merveilleux. En effet, si scrupuleusement et si déli-
catement qu'on ait analysé et dosé, dans les productions de l'esprit grec, les influences du génie de la race
et de ses grands hommes, celles de toutes les circonstances climatériques et morales, religieuses, politiques
et sociales, on ne laisse pas d'être étonné dès qu'on se
replace devant la synthèse littéraire de ces influences,
devant ces sortes de réussites que sont les principaux
chefs-d'œuvre de la littérature grecque, d'Homère à
Aristote, et l'on est même tenté de crier au miracle,
comme fit un jour Renan devant l'Acropole. C'est
une impression que confesse M. Alfred Croiset lui-
même, car il ne peut se tenir de se récrier au seuil
de ses conclusions, en dépit de tout son sang-froid cou-

tumier : « Il semble vraiment qu'un habile démiurge ait dirigé d'un bout à l'autre l'évolution littéraire de la Grèce, dans la période indépendante et nationale de son histoire, tant la marche en est régulière et satisfaisante pour l'esprit. »

Mais il semble aussi que le merveilleux de cette évolution soit un stimulant, non une inquiétude, pour le lecteur, tant MM. Alfred et Maurice Croiset sont entrés avant dans les conseils de « l'habile démiurge », et savent nous communiquer la satisfaction intime de leur esprit ! Voilà ce dont nous voudrions donner un avant-goût au public, en contant nos impressions, pendant qu'au fil de cette savante et limpide histoire, se déroulait devant nous le miracle grec.

Nous laissons d'ailleurs prudemment aux hellénistes de profession le docte examen des points litigieux. Nous nous rassurons cependant, quant au fond des choses, par ce fait évident que ces deux maîtres en lettres grecques, ont puisé à toutes les sources érudites, avant de les filtrer pour nous, qu'ils se sont reportés toujours et directement aux textes dont ils nourrissent leur enseignement et assaisonnent leur style, qu'ils ont eu le goût assez hospitalier pour écouter un sot savant, d'où qu'il vînt, s'il ouvrait un avis important, comme ils l'ont eu assez attique pour savoir ignorer à l'occasion.

Au sentiment de sécurité qu'ils inspirent ainsi joignez l'attrait d'un style souple et sûr dont la gravité et la frugalité foncières se nuancent pourtant de tous les tons du sujet, depuis l'ironie la plus exquise jusqu'à cet « enthousiasme qui est nécessaire aux œuvres de longue haleine », et vous aurez tout le secret de ces deux frères par le talent, comme par la naissance, pour avoir rempli le dessein si français qu'ils indiquent discrètement dans leur préface et qui est de « savoir se faire lire ».

GENÈSE ET FILIATION DES GENRES ÉPIQUES

Quelque grande qu'ait été l'influence de tel ou tel écrivain de génie sur l'avènement littéraire des divers genres en Grèce, chacun de ceux-ci fut d'abord une végétation spontanée où la sève de l'esprit indigène s'épanouit en poésie et en éloquence, aussi naturellement que la sève du sol dans les fleurs et les fruits des vignes de Corinthe ou des oliviers de Colone.

Sans doute ce n'étaient là d'abord que des sauvageons sur lesquels venaient se greffer les génies individuels d'un Homère, d'un Pindare, d'un Eschyle, d'un Ménandre, d'un Thucydide, d'un Platon ou d'un Démosthène. Mais l'originalité de ces divers créateurs s'est trouvée être, chaque fois, dans une conformité idéale avec le génie même de leur race et avec le talent de leurs plus ou moins illustres précurseurs; et voilà la première merveille.

La seconde est qu'ils se sont succédé si heureusement que l'impulsion de chacun d'eux s'est toujours exercée avec une opportunité merveilleuse et dans le sens natif du genre qu'il cultivait. Il en est résulté que chaque genre a tendu vers sa *fin*, — au sens profond du mot, chez Aristote —, avec une vitalité croissante, et que cette fin a été réalisée par des coups de génie qui ne furent jamais des révolutions du goût ni de l'art. Les genres et sous-genres littéraires furent ainsi pour l'esprit grec, à travers toutes les circonstances matérielles ou morales au sein desquelles il évolua, des formes naturelles d'être et de persévérer dans l'être.

Tel est, ce nous semble, le double fait qui plane sur

l'histoire de la littérature grecque, d'Homère à Aristote, et que les belles études de MM. Croiset sur chaque auteur et chaque chef-d'œuvre nous ont paru faire ressortir sous ses multiples aspects. Si donc nous réussissions à dégager et à lier ici les principaux d'entre eux, le lecteur aurait sous les yeux, en raccourci, l'évolution de l'hellénisme jusqu'à Aristote.

Je suis autodidacte, déclare fièrement le Phémios de l'Odyssée : son père n'en pouvait dire autant. Les plus déterminés partisans de l'existence d'Homère, comme Otfried Muller, ne font pas difficulté de reconnaître, dans les poèmes homériques « un sens littéraire très cultivé ». Dès le temps d'Homère et des Homérides, il y avait des siècles que le génie poétique de la Grèce était éclos, sous l'influence du double culte des dieux et des héros, qui sera la plus haute source de son inspiration pendant toute la période nationale. La matière de l'épopée était, pour ainsi dire, à l'état diffus, dans les hymnes qui volaient sur les lèvres des Hellènes, des montagnes de la *Piérie* aux plages de la *Sainte-Asie*. Longtemps ces hymnes religieux et héroïques prirent leur essor dans les fêtes et les concours, à travers les sanctuaires du continent et des îles où les aèdes chantaient à l'envi Zeus de Thrace ou Apollon de Lycie, et les dieux gréco-orientaux qui leur font cortège, et les héros leurs fils ou leurs petit-fils. Grâce à ces derniers ils humanisaient les dieux, rattachant fièrement par la chaîne aimantée de la poésie la cité à l'Olympe ; et plus les races grecques prenaient conscience d'elles-mêmes à travers le drame de leur histoire, plus l'humain l'emportait sur le divin dans leurs légendes. D'autre part le sentiment de la parenté historique de ces races, se symbolisant dans les généalogies et les alliances de leurs héros indigènes, tendait à créer à son image des familles de légendes et d'hymnes héroïques. A ce sentiment s'ajoutait enfin celui de l'harmonie qui est caractéristique de la race grecque et la pousse, en tous genres, à construire. Un événement historique vint activer le jeu de ces influences et faire surgir le chef-d'œuvre.

Les émigrants grecs de l'Asie-Mineure, Ioniens et

Achéo-Eoliens, chassés de leurs pays d'origine par des circonstances obscures dont l'invasion des Doriens dans le Péloponèse est la plus considérable, disputant, à la pointe de l'épée, le littoral asiatique à ses premiers occupants, prirent la pleine conscience de leurs origines et de leur nationalité, en s'unissant contre l'ennemi commun et en se différenciant de lui par la lutte. Cette conquête dramatique de leur personnalité s'affirma de bonne heure dans des hymnes guerriers calqués sur les hymnes religieux. Ils y célébraient la valeur de leur race incarnée dans les héros nationaux et symbolisée dans les légendes du pays natal, notamment dans celle de vieilles luttes entre les Achéens de la Grèce continentale et les Dardaniens de la Troade, qui tirait des circonstances mêmes une actualité féconde.

Où et par qui ce chaos poétique s'organisa-t-il? Comment les affinités natives et les groupements instinctifs de ces hymnes engendrèrent-ils les poèmes dits homériques? L'origine de cette évolution doit-elle être localisée, comme l'indique M. Maurice Croiset, autour de cette même Cymé, en qui M. Salomon Reinach désignait récemment la missionnaire avancée de la civilisation mycénienne (1); et son terme miraculeux fut-il dans Chio, la patrie des aèdes dits les *Homérides*?

Sur tous ces points M. Maurice Croiset a fait des prodiges de critique conjecturale sans convaincre tous les hellénistes (2). Nous n'aurons garde de nous risquer dans ce débat. Ce qui est mis hors de doute et plus clair que par le passé, c'est d'abord l'existence et l'étendue de la vaste nébuleuse de poésie, au sein de laquelle s'alluma ce soleil qui a nom Homère. D'autre part, il nous importe assez peu ici de savoir si l'Iliade est sortie toute entière du cerveau d'un seul poète ou s'il en a seulement composé les princi-

---

(1) *Gazette des Beaux-Arts*, 3ᵉ période, tome IV. p. 133.

(2) Voir notamment *La Question homérique* par M. Georges Perrot, *Revue des Deux-Mondes*, 1ᵉʳ décembre 1887.

paux chants. Mais nous devons constater d'abord que
le génie qui créa l'Iliade, en partie ou en bloc, s'était
mis à l'école d'innombrables et obscurs poètes : en ce
sens la légende est vraie qui fait du Mélésigène le fils
d'un père inconnu et le nourrisson d'un maître d'école.
Il nous importe surtout de noter qu'il fit école aussitôt,
pour les autres aèdes de l'Iliade, pour ceux de l'Odyssée
— que presque personne ne rapporte plus aujourd'hui
à Homère ni même à un seul auteur — ; pour Hésiode
et ses émules dans l'épopée didactique, du moins
quant au style ; pour la foule de ces poètes cycliques
ou auteurs d'Hymnes homériques, pour tous ces aèdes
enfin qui promenèrent triomphalement l'épopée à
travers les cités, les fêtes et les sanctuaires du monde
hellénique, et firent, par elle, quatre siècles durant,
l'éducation intime de l'esprit grec. Aussi ne sera-t-il
pas de longtemps payé d'ingratitude, et des auditeurs
enthousiastes se grouperont encore, par milliers, autour
des rhapsodes jusques dans l'Athènes de Platon.

Tel est le premier exemple de la docilité admirable
de l'esprit grec à marcher, dans chaque genre, sur les
pas de l'homme de génie qui lui a montré une fois la
voie. Mais ici et déjà une réflexion s'impose qui n'aura
que trop d'occasions d'être renouvelée. Chez les grands
écrivains grecs, cette docilité dans l'imitation s'amal-
game si bien avec le sentiment de la vie ambiante et de la
liberté du génie individuel, grâce au sentiment profond
et supérieur de l'harmonie qui est l'âme commune de la
race, qu'elle risque à chaque instant de mettre en défaut
la critique moderne sur l'originalité relative de chacun
d'eux. Quelle preuve plus éclatante de ce fait que
l'unité esthétique du premier chef-d'œuvre de l'esprit
grec, si séduisante en somme qu'elle impose à beaucoup d'esprits, et des meilleurs, une foi enthousiaste,
intransigeante, dans le miracle de l'unité de son auteur,
en dépit de tant d'impérieuses mais froides raisons
pour n'y voir qu'une création collective ?

Quoi qu'il en soit, l'esprit grec trouva, dès la première
heure, dans l'épopée homérique, une forme adéquate
à toutes ses tendances, une image et une conception de
la vie conforme à sa jeune mais précoce expérience. Il

en modifia d'ailleurs le fond avec une souplesse curieuse, sous l'action instinctive de deux tendances innées chez lui, l'imagination et la réflexion, dont le jeu naturel, les combinaisons plus ou moins harmonieuses, détermineront ultérieurement la personne morale et la caractéristique littéraire de l'Hellade, aux diverses époques de son histoire.

Ainsi l'Iliade avait été surtout une œuvre d'imagination, une conception de la vie idéalisée par l'héroïsme et le merveilleux à jet continu, un mirage entre ciel et terre. De la vie elle ne peignait guère que les crises, laissant les réalités et les misères ordinaires dans la pénombre, en guise de repoussoir, de même que la foule des combattants s'y agite anonyme autour des héros et fait valoir leurs prouesses. Mais dans l'Odyssée ce rêve brillant commence à se dissiper : à travers les héroïques mensonges du mythe, les misères de la condition humaine sont perçues plus directement, et si le héros, plus réfléchi, a encore l'orgueil de sa force, l'appui divin ne lui masque plus les résistances des choses. L'intensité de la vie morale si grande, si caractéristique de la race grecque, dès l'Iliade, ne s'est pas accrue à vrai dire, mais son foyer s'est déplacé : il descend du ciel et se rapproche de la terre où il pose vraiment avec la poésie hésiodique.

Or c'est une rude terre que celle de la Grèce continentale, par comparaison avec celle de l'Ionie, berceau de la poésie homérique. Il y faut gagner son pain, à la sueur de son front. La loi de la vie y est d'airain : celle-ci s'écoule mesquine et difficile, avec son long cercle de travaux que règle le calendrier monotone, en conflit avec les intérêts et les malveillances du voisin, sous l'œil sévère et jaloux des dieux lointains. Adieu les tragiques grandeurs de l'épopée où l'on gagne des empires et où l'on attire les divinités en frappant de grands coups, où l'on se sent dans la chaude mêlée une âme commune, où l'on ne fait assaut que d'héroïsme. Maintenant c'est le plus souvent le terre-à-terre tragi-comique et l'aigre égoïsme du drame bourgeois. A la colère d'Achille succède la vilenie de Persès. Ce n'est plus le glaive qu'on a au poing, pour triompher dans la lutte pour la vie, c'est la barre du gouvernail ou le manche de la charrue d'Ascra. L'épopée est devenue pratique, presque philosophique ; sa poésie est a fleur de terre ; mais elle gagne en mélancolie et en profondeur ce qu'elle perd en idéal et en éclat. On ne cherche plus a projeter la réalité présente dans le passé pour l'idéaliser ; on rapproche le passé du présent pour le réaliser. On ébauche dans les généalogies des dieux et des héros une explication rationnelle du monde et une histoire de la cité. De là des poèmes comme les *Travaux et les Jours* et la *Théogonie*, plus vraiment populaires que l'*Iliade* et l'*Odyssée*.

Dans cet effort croissant de la réflexion, la personnalité du poète se risque à prendre conscience d'elle-même, et voici que l'accent individuel d'un Hésiode perce sous le masque épique. Une audace de plus et cet accent éclatera franchement dans le *Margités* dont la perte est si déplorable, ou même dans la médiocre *Batrachomyomachie*. L'épopée satirique sera le terme de cette réaction de la réflexion contre les brillants mensonges de l'imagination. C'est à peu près ainsi que chez nous, — s'il est permis de comparer le barbare a l'exquis — les chansons de gestes eurent pour contrepoids, dans l'esprit public, le *Roman de Renart* et le *Roman de la Rose*.

Néanmoins, à travers toute cette évolution de la poésie épique, aussi bien dans la hardie succession de l'épopée pratique, généalogique et même satirique à l'épopée narrative, que dans les dociles copies des poètes cycliques, c'était la formule même d'Homère qui avait subsisté et s'était prêtée à l'expression de tout le reste, a peu près de même que la formule tragique de Corneille suffira à traduire le pathétique si personnel de Racine, puis les hardiesses philosophiques de Voltaire. Ainsi, qu'Homère ait construit seulement le premier monument de la cité épique ou qu'il en ait été l'unique architecte, l'âme hellénique en fit sa demeure préférée pendant de longs siècles, quitte a en modifier l'agencement intérieur et, pour ainsi dire, l'ameublement, selon les progrès de sa science de la vie et de sa conscience morale.

GENÈSE ET FILIATION DES GENRES LYRIQUES

Cependant, dès le VIIIᵉ siècle, l'âme grecque commence à être à l'étroit dans l'épopée, même modernisée par Hésiode. Le monde hellénique a été profondément sillonné par les courants et contre-courants des invasions et des migrations. Il subit une vaste crise politique et sociale. Aux rois d'Homère, pasteurs des peuples, les tyrans ou bien les démagogues succèdent çà et là, suivant la fortune des guerres civiles. Dans la croissance fiévreuse de ces aristocraties et de ces démocraties, la vie individuelle et collective augmente d'intensité et change de pôle.

Dans l'épopée, cette projection naïve du présent dans le passé, l'Hellène se mirait à reculons pour ainsi dire. Mais sa réflexion plus mûre a dissipé le mirage, les angoisses du présent le font se pencher sur l'avenir. Ce n'est plus seulement à travers le prisme du mythe moral ou religieux qu'il contemple sa tâche ou sa destinée, c'est la réalité présente qu'il interroge d'abord d'un clair et hardi regard, c'est elle qu'il étreint, au contact de laquelle il vibre, comme individu ou comme citoyen, et pour laquelle il veut droit de cité dans la poésie.

Voilà ce que ses aèdes, avec la souplesse native de la race, comprennent bien vite, et la poésie lyrique, c'est-à-dire la poésie de l'actualité, — qu'on nous passe le mot — fait son avènement littéraire.

Sœur jumelle de l'épopée par ses origines, elle sort naturellement de ce vieux fond d'hymnes religieux dont nous avons vu une première transformation en cantilènes narratives, et dont le texte même de l'*Iliade* et de l'*Odyssée* attestait cent fois l'obscure vitalité, parallèlement au règue de l'épopée : et c'est là sa première et plus haute source. D'autre part les premiers aèdes lyriques, comme tous les créateurs des genres littéraires, en Grèce, prennent directement le support de leurs innovations dans la tradition populaire.

La poésie chantée y était, de toute antiquité, associée aux principaux actes de la vie dont elle était en quelque sorte la chronique. Du berceau à la tombe, en passant par toutes les manifestations collectives ou isolées de la joie ou des tristesses de vivre, concours et populeuses fêtes des sanctuaires et des cités ou rêveries solitaires aux champs, sans oublier ces multiples banquets, si dignes de la reconnaissance des Muses, qui n'engendrent plus aujourd'hui chez nous que des toasts guindés, mais où tant d'exquises élégies et scolies prirent jadis leur vol capricieux à travers la chantante Hellade, quelle floraison spontanée de thèmes lyriques, quelles tiges vivaces pour enter le génie ! Chants de nourrices et thrènes de deuil, chants de berger et hymnes de victoire ou d'adoration, chansons à boire ou à rire, hyménées et chansons d'amour, quel trésor ! Les lointains précurseurs de Pindare, les Eumélos de Corinthe, les Terpandre et vingt autres, y puisèrent d'instinct et l'enrichirent avec un art étonnant.

Par l'effet de ce sentiment profond de l'accord du fond et de la forme qui ne se démentira jamais en Grèce, jusqu'au seuil de l'extrême décadence, ils s'ingénient à assouplir le mètre, a lui donner pour rythme celui de l'émotion du moment. Le rythme, voilà l'âme de cette poésie lyrique, *le mâle*, dont la plastique mélodie n'est que *la femelle*, selon le mot expressif d'un vieux commentateur. Sur les riches instruments musicaux qu'ils tirent de la Lydie et de la Phrygie et qui remplacent la cithare homérique, comme l'uniforme hexamètre aura pour succédanés les multiples et ondoyants vers lyriques, ils marient rythmes populaires et mélodies voyageuses saisies au vol. Pour achever de donner au rythme sa valeur expressive et son sens humain, ils lui font prendre corps, pour ainsi dire, dans les mouvements des danseurs qu'ils associent à l'exécution de leur œuvre. Alors l'organisme lyrique au complet évolue vers la perfection, et, par la musique, par la danse, par la poésie, fille d'Homère et reine de l'ensemble, il réalise l'harmonie dans le temps, encore mieux que le temple, par l'architecture, la sculpture et la peinture, ne réalisera l'harmonie dans l'espace.

Pendant deux siècles ce lyrisme sera le véhicule favori de l'esprit grec, entre l'épopée toujours vénérée, source profonde d'où dérive toute poésie, et le drame naissant.

Un genre où l'imagination était si libre, où la mobile émotion primait la pensée et supprimait presque le raisonnement, était essentiellement polymorphe. Mais il serait peu utile à notre dessein général de nous engager, à la suite de M. Alfred Croiset, dans de délicates et parfois fuyantes distinctions de fond et de forme entre les sous-genres lyriques. Nous ne prétendons pas résumer en quelques pages une si longue histoire et dont la trame est si complexe: nous visons simplement à y signaler les étapes d'une grande évolution intellectuelle et surtout à en orienter exactement les tournants. Il nous suffira donc de distinguer dans le lyrisme grec deux inspirations nettement différentes : l'une personnelle, où le poète fait expressément de lui-même, de ses sentiments et de ses idées, la matière de ses chants; l'autre générale, impersonnelle, en ce sens que le poète parle au nom de tous, donnant une voix commune à l'âme commune de la foule.

Du premier genre ou lyrisme individuel il ne nous reste que des fragments, mais assez expressifs pour nous révéler la variété et l'intensité des passions, des idées et des sentiments personnels qui émurent l'homme grec du VIIe au Ve siècle.

L'élégie, si voisine encore de l'épopée par le rythme et le mètre, plus sévère et plus abstraite par le style, tirée vraisemblablement du sanctuaire par Callinos d'Éphèse, a une gravité foncière, un goût de raisonnement et de moralité qui marquent une étape de l'esprit grec vers la prose : mais elle sait aussi

prendre tous les tons et exprimer tous les sentiments. A côté des *Exhortations* de Tyrtée, nobles
et mâles et d'une couleur épique, voici les élégies où
Mimnermos, le père de la poésie érotique, exhale
mélancoliquement son voluptueux amour pour la
joueuse de flûte Nanno, sa joie de vivre et son horreur
de vieillir. Solon sait faire de l'élégie, avec une harmonie déjà tout attique et la sérénité d'un des Sept
Sages, un hymne religieux, une profession de foi politique, ou une vive mercuriale, sans oublier jamais de
sacrifier aux Grâces ni même d'avouer à l'occasion
« qu'il aime les travaux d'Aphrodite. »

Bien différente sera la poésie élégiaque d'un Théognis de Mégare. Cet aristocrate ruiné, exilé, à qui sa
pauvreté a fait refuser la main de celle qu'il aime, glisse
à un pessimisme vigoureux et éloquent qui est une
date dans l'histoire de l'esprit grec. Il invective l'argent,
source de l'universelle vilenie; il tourmente avec âpreté
l'énigme du juste malheureux, et il blasphème la vie,
avec plus d'amertume encore que n'avait fait le Tirésias
de la *Mélampodie* se plaignant à Zeus de n'avoir pas eu
« une vie plus courte et sa part de l'ignorance humaine ».
« Le mieux pour l'homme, s'écriait Théognis, est de ne
pas naître et de ne jamais voir les rayons du soleil; une
fois né, c'est de passer sans retard les portes d'Adès et de
rester désormais couché sous un lourd monceau de terre.»
Mais il ne faut pas prendre ces imprécations à la lettre,
ni chez Théognis, ni chez aucun grec : leur désespoir
n'était jamais sans trève. Théognis lui-même n'a pas
toujours fui le *cômos*, et il s'était écrié en d'autres
temps: « Jouis de ta jeunesse ô mon âme... c'est pendant ma vie que je veux du bonheur ». Avec Phocylide
enfin, « le Pibrac grec », l'élégie met dans les sentences
une pointe de malice et s'aiguise par la queue, d'où
cette vaste littérature d'épigrammes dont la vogue et le
charme dans la société grecque du vi[e] siècle, sont
comparables à ceux de notre sonnet, au temps de
l'hôtel de Rambouillet et depuis.

C'est une preuve bien notable de la mobilité et de
l'éclectisme de l'esprit grec, que de voir la poésie iambique sortir du sein même de ces sombres mystères de

Déméter dont M. Foucart vient de soulever le voile.
Déméter éplorée, cherchant sa fille, arrive à Eleusis, **y**
reçoit l'hospitalité très galante de Dysaulès et de Baubo,
et trouve, dans le ménage même de ses hôtes, d'étranges
consolations, parmi lesquelles les plaisanteries au gros
sel de la servante Iambé, patronne de la poésie iambique.
Eh ! quoi, n'en est-il pas de même de l'âme hellénique,
et, aux plus sombres heures de son histoire, n'a-t-elle
pas excellé à trouver l'oubli dans l'ivresse de l'amour
sensuel ou dans les détentes du gros rire ? Et puis
quelle curieuse contre-partie du pessimisme d'un
Théognis que la verve réaliste, spirituelle et vindica-
tive, déjà tout aristophanesque, d'un Archiloque !
Notons aussi, à travers les saillies maussades d'un
Simonide d'Amorgos, une intéressante ambition de
satire générale et philosophique, ou bien, dans les
gaietés laborieuses des choliambes d'Hipponax, une
pointe de pédantisme à la cavalière où l'on peut flairer
déjà les futurs *gens de lettres* du *Musée* alexandrin, cette
« volière des Muses » où il y aura trop de serins.

Des trois principales formes que revêtit l'inspiration
personnelle dans la poésie lyrique, la plus proprement
lyrique, celle où l'alliance avec la musique fut le plus
étroite, où la spontanéité du sentiment et les saillies de
l'imagination se donnèrent le plus librement carrière,
en s'affranchissant de l'ambition oratoire de l'élégie ou
de la tactique agressive de l'iambe, c'est l'ode légère ou
chanson. Sa patrie est Lesbos, ses sujets, comme chez
les chansonniers de tous les temps, l'amour, le vin et la
politique, ses inventeurs littéraires et dont les coups
d'essai furent des coups de maîtres, Alcée et Sappho.

Les rancunes politiques d'Alcée paraissent avoir été
aussi éloquentes que ses fringales amoureuses. Il ne
faut lui demander de discrétion que dans le style et la
composition ; quant au fond des choses, on sait l'im-
pertinence et les déviations ordinaires du sentiment
de l'amour chez les Grecs, et Alcée est bien de sa race.
L'ivresse du *cômos* est sa Muse et sa complice ordinaire, sans le rendre d'ailleurs incapable, à l'occasion,
d'enthousiasme religieux, de délicatesse morale et
même de chasteté. A côté de lui, Sappho, *cette espèce de*

miracle, comme l'appelle Strabon , nous est un incomparable témoin de la tyrannie de l'amour et
de la beauté sur ces voluptueux et naïfs Hellènes
dont les « chaleurs », pour prendre le mot d'Horace,
avaient pour foyers la facilité des mœurs, les aiguil-
lons du climat et tous ces lieux communs de morale
lubrique, symbolisés par les mythes, figurés par les
arts plastiques et réalisés par les *hiérogamies* des mystères. Que d'excuses, si on y joint la poésie qui s'en
dégage, les pathétiques détresses d'une Sappho, par
exemple, ou même la sensualité spirituelle et gaie
d'un Anacréon, ce souple Ionien, disciple adroit des
passionnés maîtres Lesbiens, — qui cumulait à la cour
galante de Polycrate, les fonctions de Lulli et de Bense-
rade, à celle de Louis XIV —, et qui fit si longtemps et
si heureusement école à son tour.

De tous les brillants fragments de ce lyrisme individuel, on emporte pourtant cette impression, — sous
toutes réserves, vu les pertes incalculables, — que les
modernes ne sont peut-être pas inférieurs là-dessus
aux anciens, et que le fait d'être venus plus tard dans
un monde plus vieux, s'il nous a condamnés à n'être
que des copistes dans la plupart des autres genres,
nous a ici singulièrement servis. Pour n'opposer que
les Français aux Grecs, le pessimisme d'un Théognis,
par exemple, paraît un dépit enfantin près de celui
d'un Vigny. De Solon, d'Alcée et d'Archiloque à Lamar-
tine, à Victor Hugo et à Auguste Barbier, combien la
poésie politique et satirique, « ailes d'or et flèches de
flamme », a agrandi son essor et aiguisé sa pointe ! Et
de Sappho à Alfred de Musset et à Baudelaire, elle s'est
singulièrement élargie et ulcérée « la sainte blessure »
d'amour.

Mais, si nous voulons savoir aux dépens de quoi s'est
formée cette richesse spéciale de l'âme moderne, et de
quel prix a été payée cette ampleur de notre lyrisme
individuel, faisons-nous une idée de cette autre forme
du lyrisme des anciens, presque inconnue aux modernes,
qui s'appelle le lyrisme choral d'apparat. Ce n'est pas
chose aisée, car, ici plus qu'ailleurs, que les temps sont
changés!

Cet être transcendant que rêvent Spencer et les métaphysiciens de la sociologie, fait de la solidarité intellectuelle et morale de tous les citoyens de la cité, il a existé réellement dans la Grèce de jadis. Il y était même si puissamment constitué qu'il a longtemps tenu en échec les progrès du lyrisme individuel. En effet, son âme était faite de la pleine conscience du passé religieux et héroïque de la cité, symbolisé dans les mythes qui en étaient le livre d'or et ennoblissaient à ses yeux tout le présent. Or cet être idéal prenait corps dans deux circonstances principales : aux fêtes de la cité où les héros nationaux et la divinité *poliade* semblaient vivre et respirer dans les marbres du sanctuaire, devant la *théorie* de leurs fils et adorateurs ; et à la célébration des victoires agonistiques, où s'affirmait triomphalement la vitalité de la race. Ces jours-là quelle transfiguration de l'individu opérait la sainte cité, quelle idéale communion du moi avec autrui, quelle exaltation des sentiments de chacun par l'élan de tous et quelle source limpide de poésie ! De l'éclat et du transport de ces jours de fête un féerique reflet devait rester sur la vie ordinaire, si modeste qu'elle fût, et en changer la couleur.

Mais comment pourrions-nous goûter la délicieuse abnégation de ce civisme, la sereine émotion de ces chants, nous, dont l'individualisme orgueilleux met son point d'honneur à réagir contre l'âme des foules, à qui le frisson de la *Marseillaise* agace les nerfs, et chez qui la fièvre nationale du stade est devenue la badauderie du grand prix de Paris ! Il y faut une initiation.

Or, on a de grandes chances de la trouver, dans le beau livre où M. Alfred Croiset nous donna jadis la clé de Pindare, et dans les chapitres plus récents où nous est expliquée la filiation de son génie. Heureux ensuite qui s'en ira rêver à ces belles et défuntes choses, sur les dalles de marbre du Gymnase d'Olympie dont les stries usées par le pied de l'athlète disent encore son effort et l'ardeur du jeu pour la patrie ! Heureux qui fera là une de ces veillées nocturnes, chères au culte grec, tandis que là-bas bruit l'onde de l'Alphée, que le feuillage sacré frémit sur le Cronion et que l'ode pindarique chante dans la mémoire : « Quand vint le soir, l'aimable lumière de la lune à la face brillante éclaira le ciel, et tout le bois sacré retentissait du bruit des fêtes, des chants joyeux du cômos. » Ce ne sera pas en vain qu'on aura fait ce pélerinage, ce *proscynème*, et Sénèque a raison : « Puissante est la suggestion du lieu. »

Elle fut longue et brillante la genèse du lyrisme pindarique. Pour amener à la vie de l'art l'allègre *péan*, le léger *hyporchème*, ce « ballet mimique », le tumultueux et tragique *dithyrambe*, et mériter une si longue gloire, ils avaient dû dépenser bien du talent les Thalétas et les Arion. Quelle ingéniosité chez cet Alcman qui osera s'affranchir des invariables « strophes passe-partout », et jeter ses *Parthénées* dans des moules rythmiques et musicaux qu'il renouvelait au gré de son inspiration ! Et quelle haute idée de son art n'avait-il pas conçue et fait accepter sans doute de son public, quand il s'écriait : « La cithare bien maniée est digne de l'épée » ! Puis ce fut Stésichore avec sa *triade* géniale, toutes ses inventions métriques et musicales, son adroite adaptation des mythes et des tableaux épiques au lyrisme qu'il agrandit et organise définitivement. Enfin survient Simonide, un virtuose incomparable, dialecticien subtil, presque un sceptique, qui sait allier l'élégance à la profondeur de l'observation et à un certain pathétique doux où il excelle. Il achève d'assouplir et d'accorder l'instrument construit par Stésichore et qui est parfait, quand il va vibrer sous la main puissante de son rival Pindare.

Mais avec quelle opportunité ce Pindare vint ! Plus tôt, l'instrument lyrique incomplet n'eût pas suffi à la richesse de son inspiration. Un peu plus tard, il eût trouvé le peuple inquiété par les philosophes dans son double culte pour les dieux et le stade, le lien civique relâché par les sophistes, et l'attention même de son public trop vivement sollicitée par le drame. Heureusement il n'eut pas à s'attarder dans des recherches techniques, et, sans rien innover, se bornant à choisir et à combiner, porté par le dévôt enthousiasme de son public dont il se sentait suivi, dans ses plus fiers essors d'autant plus hardi qu'il se savait plus fidèle aux traditions de ses prédécesseurs et à toutes les bienséances du genre, il monta au comble de son art et fut la voix même de la cité.

Il fut inimitable, surtout parce que les circonstances où sa poésie était éclose ne se renouvelèrent plus. S'il est encore difficile à comprendre, ce n'est plus tant pour les secrets de sa composition, les hardiesses de ses métaphores, le caractère synthétique de sa langue, la densité et les détours de sa pensée, l'allure torrentielle de son style, que parce qu'il a traduit ce qu'il y a dans l'esprit grec de plus éloigné du nôtre. Le jour ou l'individualisme sera réduit à ses justes limites, où la divine *eunomie,* célébrée par l'auteur des *Pythiques,* harmonisera les forces physiques et morales, où la foule aura restauré la religion des souvenirs patriotiques et saura fêter l'élite, où en un mot la cité moderne cessera d'être une poussière d'individus, un équilibre instable d'égoïsmes, et retrouvera une âme, ce jour-là Pindare sera plus clair et peut-être imité. Ce n'est pas la moindre leçon que nous ayons à recevoir de l'hellénisme.

GENÈSE ET FILIATION DES GENRES DRAMATIQUES

Jusqu'ici la littérature grecque nous est apparue comme une sorte de confédération intellectuelle où la division du travail était déterminée par le génie propre de chaque race, les Ioniens créant l'épopée et la poésie iambique, en attendant la prose, les Eoliens le lyrisme individuel, les Doriens, le lyrisme choral. Mais chaque race qui a produit un genre, en garde comme la marque de fabrique, car son dialecte s'impose ensuite à travers le monde hellénique à quiconque manie ce genre. Ainsi l'ionien d'Homère est calqué par Hésiode ; le frivole Anacréon lui-même émaille son ionien des éolismes d'Alcée et de Sappho ; et le dorien de Stésichore et de Pindare sera la langue de toute la poésie chorale jusque dans le drame.

Or n'y a-t-il pas dans ce fait quelque chose de plus qu'une discipline littéraire, déjà bien remarquable ? N'était-il pas comme un témoignage public de la reconnaissance des autres races pour celle qui avait eu l'honneur de créer un genre, l'acquittement d'une double dette de l'esprit et du cœur ? Cette solidarité littéraire préparait l'avènement d'une littérature panhellénique.

La race qui devait la réaliser, l'attique, avait peu fait parler d'elle, occupée qu'elle était à tirer sa subsistance d'un sol avare et à trouver son équilibre politique. Pourtant on y était frères des ingénieux et souples Ioniens d'Asie ; et dès qu'on en a le loisir, on y fête l'esprit, témoin les élégies de Solon et la cour où Pisistrate et ses fils attirent les poètes et les artistes.

Mais viennent les guerres médiques et les richesses de *l'empire des mers;* et aussitôt le génie latent de la race se décèle, et, dans sa soudaine expansion, elle vise à l'hégémonie intellectuelle.

Elle y était prédestinée par sa situation géographique et morale. Située au centre du monde hellénique, Athènes semblait désignée pour devenir « l'Hellade de l'Hellade », comme dit l'épitaphe d'Euripide. Aristote, subtil théoricien de la loi des justes milieux, voyait, dans le caractère grec, un milieu entre celui des races orientales et occidentales : or le caractère attique ne tenait-il pas lui-même le milieu entre l'esprit analytique et enjoué des Ioniens et la gravité lyrique des Eolo-Doriens ? M. Maurice Croiset qui a donné une analyse de l'atticisme, pénétrante et si finement éclectique, fait observer qu'en Attique, jusqu'au vᵉ siècle, par la force des choses : « On faisait des économies d'esprit et de sentiment ». La remarque est aussi profonde que spirituelle et n'aide pas peu à comprendre le phénomène de la centralisation attique qui va dominer désormais l'évolution littéraire de l'esprit grec.

Nous avons vu en effet que les autres races helléniques s'étaient cotisées pour constituer le double trésor de la poésie épique et lyrique, mais elles s'y étaient épuisées, et ce fut une bonne fortune pour l'esprit humain que l'entrée en scène d'une race neuve, qui convoitait le legs de tout l'hellénisme antérieur.

Il ne fallait en effet rien moins que la hardiesse réfléchie et la vigoureuse ambition de la nouvelle venue pour créer le drame. L'auteur de la *Poétique*, qui a eu un sentiment si profond de l'évolution des genres, considère, dans son dernier chapitre, la tragédie comme le genre hors de pair, dans lequel la poésie grecque a trouvé sa synthèse idéale et réalisé sa fin. Quelle vue de génie et qui va nous permettre de faire court sur un sujet si complexe ! Il a d'ailleurs été admirablement fouillé par M. Maurice Croiset, mais on ne l'aborde jamais, même obliquement, comme c'est ici le cas, qu'avec un frémissement sacré. N'est-ce pas en effet l'helléniste qui a le plus contribué peut-être, après Aristote, à nous donner le vrai sens de la tragédie grecque, l'auteur du *Sentiment religieux en Grèce d'Homère à Eschyle,* lui-même, qui nous avertissait naguère avec une modestie effrayante : « combien il nous manquera toujours, pour arriver à la pleine et entière intelligence du drame grec » ? (1).

Sa genèse du moins, — et c'est elle que nous avons surtout à considérer — nous est aujourd'hui assez bien connue. C'est par l'intermédiaire de la religion que le drame grec se trouva hériter du lyrisme d'abord, de l'épopée ensuite. Certaines cérémonies du culte des dieux et des héros, dans les divers sanctuaires et cités, contenaient des successions de tableaux vivants où la partie mimique du drame était en germe. Ainsi la représentation dramatique devant les initiés d'Eleusis des légendes relatives au rapt de Coré et aux aventures de Déméter à sa recherche, est aujourd'hui certaine ; et elle contenait des éléments évidents de tragédie et de comédie (2). Le dithyrambe dionysiaque eut l'honneur de donner une forme à cette tragédie diffuse.

Ce fut une conséquence naturelle de ce premier fait que les personnages du chœur dithyrambique n'**étaient** plus, comme ceux des autres chœurs lyriques, des citoyens de telle ou telle cité réunis pour fêter un héros ou un dieu, en interprétant un poète, mais qu'ils jouaient réellement un rôle, en figurant au naturel les satyres, compagnons de Bacchus. Le jour où Thespis, — ou bien Epigène de Sicyone, ou bien même Arion —, leur adjoignit un interlocuteur qui de récitateur devint vite acteur dans la représentation de la légende, la forme de la tragédie se trouva ébauchée dans ses deux éléments essentiels, le chœur et le dialogue.

D'autre part, quand le dithyrambe cessa d'être exclusivement consacré à Bacchus, pour admettre dans son cadre la légende d'un héros, tout ce qui

---

(1) *Études sur la Poésie grecque.* par M. Jules Girard, Paris Hachette, p. 151.

(2) Voir *Recherches sur l'origine et la nature des Mystères d'Eleusis,* par M. Foucart, *Mémoires de l'Académie des Inscriptions et Belles-Lettres,* tome XXXV, 2ᵉ partie, 1895.

avait été la matière de l'épopée devint matière de drame. Remarquons enfin que la légende de Dionysos Zagreus déchiré par les Titans, et dont le cœur, sauvé par Pallas, reprenait vie, était essentiellement pathétique, outre qu'elle symbolisait la palingénésie universelle : or l'on sait combien l'orphisme passionnait alors ce symbole. Le dithyrambe dionysiaque était donc bien fait pour mettre le drame sur la pente de cette gravité pathétique et de cette méditation exaltée de la vie future, qui devaient en être l'âme latente, du moins chez Eschyle.

L'art avec lequel cet homme de génie amalgama tous ces éléments traditionnels du drame naissant, sans en altérer aucun, est prodigieux ; et peut-être nul poète. en aucun temps et en aucun genre, n'a mérité d'être dit créateur, au même titre que lui. Il sent tout ce qu'il y a d' « imitation dramatique », selon la remarque d'Aristote, dans Homère, et il met en scène des morceaux de légende épique : c'est sans doute ce qu'il donnait à entendre, en disant modestement qu'il faisait ses festins des reliefs de la table d'Homère. Il tire de là des tableaux dramatiques, plastiques et suggestifs. Il les anime d'abord, en faisant du dialogue « le protagoniste du drame », par l'adjonction d'un troisième acteur, grâce auquel la tragédie cesse d'être, comme chez ses prédécesseurs, un simple chœur de lamentations entrecoupées çà et là de dialogues entre ce chœur et un acteur. D'ailleurs elle reste encore toute vibrante du lyrisme qui lui a donné naissance, et, quand l'action fait halte, le chœur s'épanche en de pathétiques commentaires sur la situation dramatique. C'est même ici que l'originalité d'Eschyle éclate le mieux.

Il profite de l'enthousiasme religieux qui fut le germe et reste chez lui l'essence de la tragédie, pour ravir l'âme des spectateurs jusqu'à une conception supérieure de la vie, et faire surgir çà et là pathétiquement, devant eux, le problème religieux et moral de la destinée. Par sa fiction qui met en scène des dieux, des héros, toute une humanité plus grande que nature, il leur donne en spectacle l'action fatale du destin sur les choses de ce monde, il leur fait sentir avec terreur

le caractère inexpiable du crime d'un ancêtre pesant
pitoyablement sur toute une postérité, il leur rend for-
midable la jalousie des dieux envers toute grandeur
humaine, il en tire des conseils de résignation, d'inno-
cence et de modestie, toute une sagesse. Par la magie
de l'action et le transport du lyrisme, il met son public
dans un état d'âme analogue à celui où, — dans ces
mêmes Mystères d'Eleusis, qu'on l'accusait d'avoir di-
vulgués, — l'initiation amenait les mystes pour la con-
templation finale, l'*époptie*. En ce sens nous nous ris-
quons à dire que la tragédie d'Eschyle fut une *époptie*
laïque. Elle offrit un sens de la vie et de la destinée qui
fut à l'image de l'esprit grec, dans la foule d'Athènes,
au commencement du v° siècle.

Elle est bien d'ailleurs, au point de vue esthétique,
une synthèse de toute la poésie antérieure, en harmonie avec les exigences successives de ce même esprit.

Ce besoin de réalité présente que nous avons vu croître
d'âge en âge, dans le monde grec, et y transformer impé-
rieusement les genres littéraires, elle le concilie avec un
adroit emploi de toutes les richesses poétiques amas-
sées depuis Homère. Ce que la poésie narrative a paru
avoir de rétrospectif à l'excès, elle le rend présent par
le jeu de l'acteur, et le mirage épique devient une réalité tangible, presque un fait-divers. Eschyle sent même
si bien les exigences de son public là-dessus qu'il n'hésite
pas à souder le passé au présent, en glissant dans les
plus vieilles légendes des allusions contemporaines. On
sait d'ailleurs la significative tentative de tragédie historique qu'il fit dans les *Perses*, à l'imitation de la *Prise
de Milet* de son devancier Phrynicos. Ce que le lyrisme
choral pouvait avoir de trop reposé, — de trop *hésychas-
tique*, selon le mot des anciens, — chez un Pindare, dis-
paraît dans le choc des passions du drame ambiant,
dans l'écho prolongé du bruit de ces catastrophes.
Comme elle devient animée la description de ces spec-
tacles de sang et de deuil, comme elle est émue et vibrante la sympathie pour ces êtres tragiques si capables
d'effort et de douleur ! Ainsi la tragédie d'Eschyle
apparaît bien comme l'art central et complet, héritière
de l'épopée dans ses sujets, du lyrisme dans ses

chœurs, et réalisant *la fin* de toute la poésie antérieure par la vertu propre de son imitation dramatique de la vie, à la fois réelle et idéale.

La formu'e dramatique d'Eschyle resta celle de ses successeurs, y compris Euripide, mais le progrès de l'esprit grec en changea vite le contenu. Dans le drame tendu et fataliste d'Eschyle, Sophocle introduit un art plus réfléchi, plus athénien encore. Certes la force morale des personnages d'Eschyle est grande, mais elle est sans cesse comprimée par le poids de la fatalité. Sophocle détend un peu ce ressort de la fatalité : moins mystique, plus analyste, il a vu nettement dans la destinée humaine le rôle de la conscience et surtout de la volonté. Pour l'auteur d'*Œdipe-Roi*, vouloir c'est être tragique. Mais dans l'orage des passions, il ménage des éclaircies où la réflexion se fait jour, des détentes d'émotion qui ouvrent la source des larmes : d'où un pathétique encore plus déchirant, quand le drame reprend sa marche inexorable, quand l'ironie des choses ramène en scène l'impassible fatalité qui broie ces volontés et déjoue ces réflexions.

Mais l'esprit d'analyse fait un dernier pas : cette fatalité il la fait descendre du ciel sur la terre et il voit clairement qu'elle se confond avec celle de nos passions, laquelle n'est pas moins inéluctable. C'est ce que confesse expressément la *Médée* d'Euripide, par exemple, avant d'égorger ses propres enfants pour apaiser son impérieuse soif de vengeance contre un infidèle. Avec Euripide, le représentant de cet état d'esprit dans la tragédie, celle-ci s'affranchit nettement du sentiment religieux, qui n'est plus au fond qu'un accessoire, une *utilité* de théâtre. Elle devient purement humaine, s'inspire de l'observation directe et jaillit du fond même de la sensibilité du poète. Si elle y perd en dignité épique ou religieuse et en belle ordonnance, elle y gagne en pathétique, en nuances et en vérité, dans la peinture des caractères et des mœurs, en variété dans les effets, en puissance et en réalisme dans l'expression des sentiments, notamment dans celle de l'amour qui fait alors son avènement sur cette scène tragique qu'i devait remplir et quelque peu encombrer chez nous.

Mais une tragédie ainsi accommodée était-elle encore la tragédie, cette sorte d'office sacré du culte de Bacchus, et, sous la forme même que lui avait donnée Eschyle, n'était-elle pas devenue tout autre chose au fond? On le voit bien par la violence des protestations d'Aristophane et encore par ce qui allait en sortir, à savoir la comédie de Ménandre. Celle-ci est en effet au confluent du drame d'Euripide et de la comédie d'Aristophane.

Sœur cadette de la tragédie, fille comme elle du culte de Bacchus, née dans les *Dionysies* des champs, ces fêtes rustiques en l'honneur du vin, l'ancienne comédie avait d'abord consisté en revues bouffonnes et satiriques qui existaient un peu partout, mais paraissent avoir eu à Mégare et en Sicile plus d'intensité qu'ailleurs. Elle végétait dans les bourgs, quand l'évolution même de la tragédie vint l'élever par contre-coup à la dignité d'un genre littéraire.

Il y eut là d'abord un phénomène bien caractéristique de l'esprit grec et de son goût inné pour la séparation délicate des genres. De bonne heure la tragédie avait relégué les satyres du chœur dithyrambique dans une annexe de son spectacle, où leur bouffonnerie traditionnelle d'enfants de la pure nature, délassait le spectateur par son contraste avec les sentiments des héros tragiques souvent plus grands que nature. Or cette séparation des genres avait été spontanée, elle avait été un effet du sentiment de l'harmonie inhérent à l'esprit grec, et nullement celui de quelque impuissance chez les tragiques à saisir les aspects plaisants de la vie, car Eschyle, par exemple, le père de la tragédie sérieuse, excella dans le drame satyrique. Il arriva alors que l'existence à peu près indépendante du drame satyrique, facilita précisément l'évolution littéraire de la farce mégarienne ou sicilienne, parallèlement à la tragédie, et lui donna l'accès du théâtre attique.

Il semble bien en effet que le ton et la structure du drame satyrique, aux satyres près, aient servi de premier modèle au Sicilien Épicharme, quand il introduisit une fiction dramatique dans la farce et créa

2.

vraiment la comédie. Celle-ci ayant obtenu enfin droit de cité à Athènes, à côté de la tragédie, dans les grandes représentations urbaines, se modela de plus en plus sur sa voisine, d'où une structure mixte où la critique ne démêle que depuis peu les éléments provenant directement de la farce originelle. Mais il nous suffit de remarquer que, sous cette forme hybride, fécondée par Aristophane, successeur docile et génial à la fois des Cratinos et des Cratés, elle acheva de recueillir le legs de la poésie antérieure, en héritant directement de la verve iambique.

Pendant un demi-siècle elle avait été, à travers son ivresse originelle et sous son masque grotesque, l'étincelante interprète du bon sens, de l'humeur satirique et de la fantaisie des Athéniens, un miroir grossissant mais singulièrement expressif des grâces attiques, — témoin la fameuse épitaphe d'Aristophane, — et, pour ainsi dire la face complémentaire de l'esprit grec.

Quand la dialectique et la sophistique, un goût toujours croissant d'actualité et de réalisme, eurent tari les sources religieuses et légendaires de l'inspiration tragique, vers le milieu du IVe siècle, la comédie toujours vivace n'eut plus qu'à prendre conseil d'Euripide pour hériter de son illustre aînée. Elle trouva chez lui des modèles achevés, pour la représentation des mœurs contemporaines, pour les adresses de l'intrigue et pour cette peinture de l'amour qui allait être son thème favori. Cependant la tragédie, après avoir en vain essayé de se renouveler, en faisant appel au romanesque, peutêtre même au dramatique bourgeois, avec Agathon et sa *Fleur*, avait abdiqué finalement la noblesse morale de son rôle, en glissant aux complaisances de l'oraison funèbre, avec le *Mausole* de Théodecte de Phasélis, ou aux gentillesses de style de la tragédie de cabinet, avec le *Centaure* de Chérémon. Alors la comédie prit conscience de la responsabilité qui lui incombait.

Philémon, Ménandre surtout, — ce trésor d'atticisme et d'humanité dont la perte doit nous laisser inconsolables, — ne se contentèrent pas de peindre la vie d'après nature : ils en tirèrent la philosophie et mille leçons de détail, qu'ils monnayèrent en sentences. La comédie nouvelle, sans oublier jamais de sacrifier aux Grâces, continua si bien la sagesse traditionnelle de la tragédie, qu'elle devint le plus humain des genres littéraires et le véhicule universel de l'hellénisme, témoin ses disciples, de Plaute à Molière.

Telle fut la suprême manifestation de l'esprit grec, sous la forme poétique, pendant la période dite nationale. Mais le drame tragique ou comique, en héritant des autres genres littéraires, les a frappés de déchéance et tous végètent autour de lui. Leur étude s'impose encore à qui veut tracer le tableau complet de la vie poétique d'Athènes jusqu'au IVe siècle, et M. Maurice Croiset l'a faite avec une érudition délicate. Passons, après avoir constaté que l'esprit grec semble avoir émigré de la poésie, et qu'autour de l'*Odéon* d'Athènes, on dit alors proverbialement : « plus bête qu'un dithyrambe », à peu près comme devant l'Opéra du dernier siècle, l'auteur de *Tarare* s'écriait : « Ce qui ne vaut pas la peine d'être dit, on le chante ». Il est temps de voir ce qu'on avait dit et surtout ce qu'on disait alors en prose.

GENÈSE ET FILIATION DES GENRES EN PROSE

LES IONIENS ET LA PROSE LITTÉRAIRE. ÉLOQUENCE, HISTOIRE, PHILOSOPHIE ATTIQUES.

Socrate déclare dans l'*Apologie* qu' « une vie qui ne serait pas consacrée à l'examen des choses ne serait pas vivable ». Telle a été, semble-t-il, la devise de l'hellénisme tout entier. L'esprit d'examen a été le ressort et la loi intime de son évolution.

Par une première analyse réfléchie des légendes, il avait été amené à en esquisser des groupements rationnels, sous forme de généalogies et de poèmes cycliques. L'observation raisonnée du monde et de la vie l'avait vite conduit à en ébaucher une doctrine dans l'épopée théogonique, didactique et dans toute la poésie gnomique. Puis, par un effet parallèle, le sentiment de l'accord intime entre la forme et le fond que nous avons relevé tout le long de l'histoire antérieure de l'hellénisme, fit éliminer des plus austères domaines de la pensée ce qui entre de fiction dans la forme poétique. En travaillant à bien penser, on s'aperçut que la prose était la démarche naturelle de la raison raisonnante ; et des penseurs la jugeant digne d'être leur interprète l'élevèrent peu à peu à la dignité littéraire. Des poèmes généalogiques et cycliques des ix⁰ et viii⁰ siècles, aux *Généalogies* des logographes du vi⁰ siècle, tels que *Hécatée* de Milet ou *Phérécyde* de Léros, la filiation est évidente, comme elle l'est de la *Théogonie* hésiodique aux *Cosmogonies* en vers ou en prose d'un Parménide ou d'un Héraclite, et des moralités d'un Hésiode, d'un Solon et d'un Théognis à celles d'un Esope ou à la philosophie morale d'un Socrate.

Ainsi l'esprit d'examen a acheminé l'épopée et la poésie gnomique vers l'histoire et la philosophie pour le fond, et vers la prose pour la forme.

L'honneur d'avoir créé la prose littéraire revient aux Ioniens, à celle des races grecques que la souplesse de son esprit analytique avait toujours portée à l'avant-garde de la spéculation et à toutes les hardiesses d'esprit. C'est ainsi qu'ils avaient eu l'idée et conservèrent à peu près le monopole de la poésie iambique, sœur aînée de cette prose dont la philosophie et l'histoire se partagent l'honneur d'avoir provoqué l'avènement, dans la littérature grecque.

Le premier philosophe qui se soit avisé de coucher par écrit sa doctrine est Anaximandre de Milet, et il la rédige en prose. Sans doute, d'autres philosophes Ioniens, un Xénophane, un Parménide, un Empédocle écriront encore en vers. On comprend que l'enchantement tout nouveau de leurs propres rêveries, l'ivresse de leurs audaces inouïes aient pu les engager à s'exprimer encore dans la langue des dieux, fût-ce pour les blasphémer. Ainsi, grâce à quelques fragments, on sent encore une sorte d'enthousiasme à la Lucrèce, de religion à rebours, dans la dialectique ardente d'un Parménide, dans les protestations irritées d'un Xénophane contre les triomphes outrecuidants de l'athlétisme ou « les frivoles fictions des ancêtres ». Mais cette fièvre, tout accidentelle, devait vite tomber, sous l'action de ce qu'il y avait, au fond, de réfrigérant, de corrosif, dans une pareille tournure d'esprit et laisser apparaître les inutiles conventions de la forme. Aussi est-ce dans une prose passionnée, rude, mais déjà éloquente, qu'Héraclite dira, « au nom de la raison commune », l'unité permanente de la matière dans l'écoulement de tout, et avec une fierté toute grecque, l'identité de substance entre l'homme et Dieu ; en prose aussi que Zénon d'Elée formulera ces formidables sophismes qui donnent encore de la tablature à nos métaphysiciens, et qu'Anaxagore promulguera ses oracles sur l'*Esprit*, source de tout mouvement, organisateur des éléments innombrables des choses et fournira le mot d'ordre à la libre pensée grecque. Enfin on peut constater dans l'ionien limpide et souple des fragments de Diogène d'Apollonie, que la prose philosophique est née.

Strabon disait, à propos de Zénon d'Elée, que la philosophie était décidément descendue du char des Muses et marchait à pied : il y avait peut-être plus longtemps encore que l'épopée avait exécuté pareille manœuvre, avec les logographes. Le même Strabon nous apprend en effet que leurs vieilles chroniques et généalogies, plus ou moins mythiques, étaient presque des épopées en prose. Pourtant les progrès de l'esprit critique avaient été grands, même chez les logographes, à en juger par les curieux fragments d'Hécatée de Milet et par ce fait bien notable que son ouvrage était accompagné d'une carte de géographie.

Sans doute il y a encore l'esprit et même la couleur épiques, dans les sinuosités, les procédés rétrospectifs et toute la naïveté des récits d'Hérodote, surtout dans les premiers livres. Sa foi en la Némésis ou jalousie des Dieux, sent son vieux temps et l'influence des poètes et des mystagogues. Sa crédulité de touriste dépasse même parfois celle que l'Ulysse d'Homére aurait eue en pareil cas ; et il est vraiment trop voisin de l'aimable simplicité du monde naissant, lorsque devant le grand livre du monde égyptien, « il s'amuse à regarder les images », selon la spirituelle remarque de M. Maspéro, au lieu d'en lire le texte ouvert sous ses yeux. Mais quoi ! il n'avait pas fait sa philosophie avec Anaxagore, ni sa rhétorique avec Antiphon, comme Thucydide. En revanche, il est curieux et excelle à voir ce qui est dans le rayon de son regard, car les brouillards de son esprit ne passent jamais devant ses yeux ; il a du bons sens et sait la vie ; il conte à ravir, dramatise à plaisir, sait faire haranguer ou dialoguer souvent et bien ses personnages, et parle à l'imagination comme au cœur, en une prose qui est en harmonie parfaite avec le reste. Certes il n'y faut chercher ni le souffle oratoire, ni le liant du style périodique, mais, dans ses phrases fluides, un peu traînantes, courtes à l'ordinaire ou s'étalant en nappes limpides, quel charme, quelle grandeur çà et là, quel art déjà, et en somme quelle date ! Celle-ci a été marquée, avec une précision bien notable, par Denys d'Halicarnasse, quand il a dit d'Hérodote qu'il avait été le premier à donner l'idée qu'une phrase en prose pouvait être l'égale d'un très beau vers.

Ainsi par ses philosophes et ses historiens, l'esprit ionien fonda la prose littéraire. On s'en souvint longtemps en Grèce, et, jusqu'à la fin du ve siècle, dans le voisinage d'un Gorgias et d'un Isocrate, les Asclépiades de Cos, en braves provinciaux, fidèles aux bienséances des genres, écriront leurs doctes et hardis ouvrages en ionien.

Pourtant, même après Hérodote, la grande prose grecque était à naître. Elle attendait que l'esprit d'examen fût arrivé à sa maturité. Cette *fin* suprème de l'évolution littéraire de l'esprit grec, devait être l'effet de cette même centralisation attique qui avait déjà produit, dans le drame, une synthèse si originale de toute la poésie antérieure.

L'étude de ce phénomène littéraire remplit le quatrième volume de l'*Histoire de la littérature grecque* qui vient de paraître et est l'œuvre de M. Alfred Croiset. Eloquence, histoire, philosophie attiques et les grands noms de Thucydide, Socrate, Platon, Démosthène, Aristote, quel programme et quelle tâche ! Ou le plaisir d'apprendre et le grand goût sont bien émoussés en France, ou le public lettré tout entier, paiera un large tribut de reconnaissance à l'aisance robuste avec laquelle M. Alfred Croiset soupèse et porte ce fardeau, à sa vitesse d'esprit pour plonger au fond de tout, et à sa dextérité à en revenir avec le mot qui juge ou même qui illumine, à ce fil de vive narration, aux séductions honnêtes de cette langue qui a des sourires intelligents ou des essors puissants, en un mot à cet équilibre harmonieux, foncièrement modeste et si français, des dons les plus rares du savoir et du style. Cela dit pour acquitter notre dette envers un livre si suggestif et qui nous a donné le plaisir ou l'illusion de savoir enfin à fond ce que fut l'atticisme, bornons-nous à en dégager brièvement les idées essentielles à notre sujet.

Nous avons vu comment la prose littéraire avait été, en Grèce, un produit de l'esprit d'examen touchant à sa maturité. Il était donc naturel qu'elle fût l'interprète favori de l'atticisme, cette « virilité de l'hellénisme », selon la définition de M. Alfred Croiset. Aussi dès la première heure y visa-t-elle à son idéal qui est l'éloquence.

Celle-ci était innée dans la race grecque : on la voit en honneur, dans l'Iliade et dans l'Odyssée, et, à l'état endémique, pour ainsi dire, dans l'Athènes démocratique du ve siècle, autour des Thémistocle et des Périclès. Athènes apparaît, dès lors, à tous les artistes en paroles, comme la terre d'élection. Les Siciliens y importent leur rouerie avocassière et les sophistes de partout leur dialectique renforcée de la rhétorique sicilienne. Ceux-ci surtout font merveilles.

Un Protagoras, un Gorgias ont bientôt fait de montrer la banqueroute des philosophies Ionienne, Pythagoricienne et Éléate, en face du problème de l'*Être en soi,* et de déclarer que l'homme est la mesure de tout, que ses idées sont reines du monde, que la fin de la sagesse consiste à lier ces idées par une logique stricte, c'est-à-dire par d'exacts rapports entre les mots qui en sont les signes. De là à prendre la paille des termes pour le grain des choses, il n'y avait qu'un pas et glissant ; que de fois l'esprit grec, même chez un Socrate, un Platon et un Aristote, fera cette glissade, à son insu ! Mais quel attrait pour le scepticisme, plaie secrète du monde grec, dort l'unité morale et religieuse avait été coupée en deux depuis Thalès, depuis que le peuple étant seul resté le naïf disciple d'Homère et d'Hésiode, un Pythagore et un Xénophane avaient fait de la philosophie un objet de luxe, un titre de noblesse pour l'élite des esprits ! Aussi l'*Éristique* et la *Rhétorique* des sophistes, furent-elles au ve siècle, une sorte de sport intellectuel dont s'engoua l'aristocratie d'Athènes.

Un Athénien, Antiphon, atteignit le premier à la véritable éloquence, en corrigeant, par une fermeté de goût et de jugement tout attiques, la virtuosité suspecte des Protagoras, des Gorgias et des Prodicos. Puis vient toute une lignée de théoriciens subtils de l'art oratoire, d'orateurs judiciaires et d'apparat, dont M. Alfred Croiset a fait le dénombrement, beaucoup plus intéressant qu'on ne croit, à voir les choses de loin, et dont il a soigneusement évalué l'apport individuel dans l'œuvre composite et si savante de l'éloquence attique.

Elle est bien curieuse, par exemple, la physionomie de cet Isocrate dont l'éloquence d'apparat, se produisant à Olympie, y prend vraiment, dans l'imagination et dans l'admiration publiques, la place occupée jadis par le lyrisme d'un Pindare. Qui donc a fait le premier de la rhétorique le centre de gravité de l'éducation libérale et se trouve être ainsi le vrai père des humanités modernes, sinon lui? Seulement il n'enseignait qu'à être éloquent par écrit, et Alcidamas le lui reprochait vertement et de ne pas préparer le citoyen à la vie publique : nous attendons encore, nous aussi, notre Alcidamas. Il est vrai qu'Isocrate pouvait répliquer en montrant Démosthène, qui, lui, n'improvisait que quand il ne pouvait pas s'en dispenser; mais au moins improvisait-il à l'occasion, et Plutarque nous en est garant.

Ce n'est pas le moindre intérêt de l'étude patiente et déliée de M. Alfred Croiset sur la rhétorique, la sophistique, les genres d'éloquence, leurs représentants attitrés et toute l'évolution de la prose grecque, que de nous faire toucher du doigt combien fut opportune la venue d'un Démosthène, comment la perfection de la rhétorique s'associant à l'art d'écrire mirent aux mains de l'élève d'Isée l'outil nécessaire, comment enfin, pour toutes sortes de raisons littéraires et politiques, ce miracle d'éloquence ne pouvait se produire qu'à ce moment précis de l'évolution intellectuelle de l'hellénisme. A lire d'ailleurs cette sagace analyse du génie oratoire comme du génie politique de cet incomparable dialecticien qui ne semble pas pouvoir « se rassasier d'évidence », de ce fier patriote qui retarde par sa résistance au Philippisme l'apparition du *Græcule*, sans patrie, « simplement littérateur et bel esprit, qui tient déjà trop de place dans l'image que le monde s'est faite de l'hellénisme », on se sent face à face avec la plus vigoureuse manifestation de l'esprit grec dans le domaine de l'action. comme Aristote l'était, vers le même temps, dans celui de la spéculation.

Or Démosthène ne fut pas seul *la voix de la patrie*, et il y avait, par exemple. à côté de lui un Hypéride, et, eu face de lui. un Eschine, sans oublier ce Démade, si admiré, le roi de l'improvisation, qui n'était rien moins qu'un lettré, se vantait de n'avoir eu d'autre maître que la tribune et était assez naturellement éloquent pour riposter. sur un faux bruit de la mort d'Alexandre : « Non, Athéniens, Alexandre n'est pas mort; s'il l'était, la terre entière serait remplie de l'odeur de son cadavre.» A en juger par de pareilles étincelles, combien ne fut-il pas ardent et lumineux ce foyer de l'éloquence attique, de ce dernier en date des genres purement littéraires qu'ait engendrés l'évolution de l'esprit grec.

Mais la rhétorique et la sophistique n'avaient pas seulement influé sur l'éloquence, elles avaient fortement marqué de leur empreinte les deux autres formes de la grande prose grecque, à savoir l'histoire et la philosophie.

Thucydide, disciple et admirateur d'Antiphon, écrit une histoire où les discours entrent pour un tiers de l'ensemble. Ces discours de son crû, où il condense ses vues générales sur les événements, deviennent même le centre optique de toute son œuvre. Sans doute on y retrouve le disciple des sophistes, dans les antithèses, les néologismes et toute la grammaire du style, mais quel éclat, quelle précision, quelle austérité il doit à la gravité de sa pensée! L'esprit grec n'aura jamais plus de portée que dans Thucydide, même avec Aristote. A la conception miraculaire de l'histoire, chère à Hérodote, a succédé une vue nette des actions et réactions des causes secondes. Dans le drame de l'histoire, comme dans celui d'Euripide, l'homme est l'artisan de son destin. Il n'y a pas plus de faits divins aux yeux de Thucydide qu'il n'y a de maladie divine « contre la nature humaine », pour Hippocrate. Écrire l'histoire ce n'est pas faire une œuvre d'apparat, c'est poser une équation rigoureuse entre les événements et leurs facteurs humains. c'est en dégager une leçon qui durera autant que les lois mêmes de la nature humaine.

Jamais l'esprit grec n'avait eu une si fière conscience de sa mission et le sentiment si net qu'il travaillait pour l'humanité et l'éternité.

Cette fierté était légitime : elle persistera jusque chez un Éphore et un Théopompe. Mais elle y sera un peu déplacée, car il semble évident, d'après les témoignages des anciens qui les ont lus, que la discipline scientifique d'un Thucydide, ne put se concilier avec les préoccupations oratoires de ces deux élèves d'Isocrate, d'ailleurs savants et diserts, mais qui crurent avec leur maître, que l'histoire était le plus bel emploi de l'éloquence. On sait si cette équivoque devait durer, à Rome et ailleurs, et combien en souffrira l'histoire, chaque fois qu'elle se laissera annexer, comme une province de l'éloquence. Que Théopompe était mieux inspiré lorsque, — si l'on en croit Denys d'Halicarnasse, — il fondait, avant Tacite, l'histoire psychologique, en faisant alliance avec la philosophie. C'est de celle-ci qu'il nous reste à parler pour conclure.

L'esprit grec avait été détourné par les sophistes et les rhéteurs de la recherche de l'absolu, et incliné par eux vers le relatif et l'utile. Mais au fond il était trop curieux du vrai, trop amoureux de l'idéal, trop fier de ses premières découvertes, pour en rester là ; il ne fit qu'une halte dans le scepticisme de la sophistique et l'utilitarisme de la rhétorique.

L'honneur d'avoir réveillé en lui le noble tourment de l'absolu revient à Socrate. M. Alfred Croiset remarque en un endroit qu'Anaxagore, après avoir fait donner au monde par l'*Intelligence* la « chiquenaude » initiale des cartésiens, semble ne savoir plus qu'en faire et l'abandonne à un vague mécanisme. Puis en un autre endroit, il constate qu'après la chiquenaude, Socrate, — et qui dit Socrate dit la moitié de Platon, — fait surveiller la création par le Créateur devenu Providence. Il n'y avait donc plus qu'à considérer le Dieu-Esprit comme la Cause finale, au sens transcendant du mot, pour fermer le cercle de la spéculation grecque sur l'Être, et ce sera l'œuvre d'Aristote. M. Alfred Croiset, sans quitter son point de vue d'historien littéraire, nous fait suivre cette évolution philosophique de l'esprit grec, avec une clarté d'autant plus agréable qu'elle fut plus rare ou plus dédaignée chez certains historiens en titre de la philosophie. Ne serait-ce pas que rien n'aide à parler des philosophes comme de les avoir lus et dans leur texte ?

En tous cas, les lettrés trouveront le Socrate de M. Alfred Croiset délicieux, son Platon transportant, son Aristote tout simplement admirable, et ils traverseront leurs systèmes, y compris celui d'Aristote, sans fatigue. Pour nous, du Socratisme, du Platonisme et de l'Aristotélisme, nous n'avons pas ici à considérer le fond, mais seulement l'impulsion finale qu'en reçut l'esprit grec. Or celle-ci fut telle, que sa force directrice éclate aux yeux partout, désormais.

Platon a créé dans les dialogues un genre littéraire où l'esprit grec vint se délasser des artifices de la rhétorique et des âpretés de l'éristique, par les délicieux méandres d'une dialectique sincère, persuasive, amoureuse de la vérité vers laquelle ses phrases nous soulèvent, dans un essor puissant et doux, que M. Alfred Croiset caractérise en ces termes : « On dirait un grand vol d'oiseaux sacrés montant sans hâte dans la lumière ». La magie de ce style n'entra pas pour peu de chose dans la secousse que le Platonisme donna à l'esprit grec. Depuis Homère il n'en avait pas ressenti une pareille, et son orientation en fut changée. A la civilisation sortie de l'anthropomorphisme homérique, à la cité grecque qui menaçait ruine, sous les assauts d'une philosophie irrévérencieuse et d'une sophistique individualiste, le Platonisme substitua une cité philosophique, toute rayonnante de la splendeur du vrai et du bien, où les âmes éprises d'idéal consolent et d'ordre matériel trouvèrent longtemps la cité de Dieu.

Il importe de remarquer, au passage, que, près de l'œuvre de Platon où fermente un nouveau monde moral, tandis que s'y épanouit la fleur de l'atticisme, les écrits discursifs d'un Xénophon paraissent un peu terre-à-terre. Mais il faut se garder de faire fi, même à notre point de vue sévère, de ces *variétés* aimables et naturelles. Ne sont-elles pas d'un grand prix, en permettant de mesurer l'effet du Socratisme sur un Grec moyen, la sérénité du regard qu'un intellectualiste du ve siècle promenait sur les hommes et les choses, toutes les bienséances de fond et de forme qui font l'honnête homme, un pur produit de l'atticisme hautement avoué par l'antiquité, et où ses juges modernes les plus délicats trouvent des éléments essentiels de sa difficile définition?

Que manquait-il maintenant à ces cinq ou six siècles de création littéraire ininterrompue pour les couronner? Un homme qui en eût tout lu et tout compris, tout jugé et tout formulé, dont l'œuvre fût une encyclopédie et dont l'autorité devînt un dogme. en qui l'hellénisme se fût élargi jusqu'à devenir l'humanisme, si bien que ses écrits apparussent à l'esprit humain comme le catéchisme du passé et l'évangile de l'avenir. Or cet homme, ce *Liseur* et cet *Esprit* — ainsi l'appelait Platon — s'est rencontré; cette œuvre a été écrite; et presque tout l'essentiel, la partie *ésotérique*, celle que les initiés seuls avaient connue pendant deux siècles, cinq mille pages sur trente mille, nous en est parvenu. Que les rats eussent rongé ces parchemins dans la cave de Nélée de Scepsis, avant que Sylla ne les envoyât à Rome, et la face du monde intellectuel était changée : ni les Romains ni les modernes n'eussent jamais retrouvé tout seuls le vrai sens et les suprêmes leçons de l'hellénisme. Aristote vint et marqua en tout le juste milieu, la loi des évolutions antérieures et le but final.

A l'idéalisme platonicien qui allait se perdre dans les nuages du mysticisme. il donna pour lest le fait, soudant celui-ci indissolublement aux essences, indiquant la véritable marche de la connaissance, qui est la démonstration par l'analyse et consiste à aller par les faits au-devant des causes, quitte à revenir, à l'occasion, des causes au-devant des faits, armant enfin l'esprit humain de cette logique supérieure à la dialectique, outil merveilleux qu'il forgea de toutes pièces et que deux mille ans d'usage et tant d'abus, — je parle des métaphysiciens — n'ont pas faussé.

Mais, — et c'est là ce qui nous importe, — sans la Poétique d'Aristote l'évolution littéraire de l'esprit grec serait une énigme. C'est lui qui a indiqué la matière, la forme et la fin des principaux genres, qui a montré dans l'imitation poétique dédaignée par Platon, comme n'étant que « l'image d'une image », une forme encore plus sérieuse et plus philosophique que l'histoire, lui enfin qui a mis l'hellénisme en possession de sa per-fection, en *entéléchie*, pour risquer un de ses mots abstraits qui font le tourment de ses lecteurs profanes et l'austère joie de ses initiés.

Qu'après s'être épanoui dans la prose poétique d'un Platon, l'hellénisme ait pu se condenser aus-sitôt dans la prose frugale, purement scientifique, des traités dogmatiques d'un Aristote, n'est-ce pas la preuve la plus curieuse de la souplesse qu'il avait acquise à l'école de la sophistique et de la rhétorique, sous l'aiguillon de l'esprit analytique? Ajoutons que le cosmopolitisme déjà sensible de la pensée d'Aristote passe dans son style, et qu'il peut être considéré comme le fondateur de ce *grec commun* qui va devenir le truchement de cent peuples divers.

Ainsi, par la forme comme par le fond, Aristote marque, en Grèce, le point culminant de cette gravita-tion instinctive de l'esprit d'examen vers le vrai, de cette prédominance croissante de la réflexion sur l'ima-gination qui avait été la loi intime de l'évolution litté-raire de l'hellénisme.

Sans doute il lui a manqué de savoir ignorer, de préserver sa physique de la métaphysique, de sentir qu'en dépassant la quantité pour atteindre à l'essence, il se heurtait au mur de l'inconnaissable. Mais l'esprit moderne ne ressent-il pas, lui, trop douloureusement la meurtrissure des faux élans qu'il a pu prendre à sa suite? Que cette jeunesse de l'esprit fut donc robuste et reste parfois enviable !

En tous cas, pour travailler à bien penser, nul ne nous a mieux prêché d'exemple, et il reste comme une colonne un peu ruineuse en son faîte, mais inébranlable sur sa base, au bout de la route large et claire par laquelle l'humanité a fait sa plus fière étape vers la civilisation idéale, devant la croix de chemin après laquelle chacun allait chercher sa voie en gémissant. L'heure où parut ce précepteur de l'humanité, juste au terme de la période purement nationale de l'hellénisme, pour en tirer la quintessence, juste à la veille de son expansion politique pour l'expédier, sous forme livresque, au monde entier, dans les fourgons de son élève Alexandre, achève d'en faire la plus étonnante de ces *réussites* dont est tissue la miraculeuse histoire de l'esprit grec depuis Homère.

CONCLUSION

Aristote faisait consister le bonheur suprême dans
l'exercice de la raison : les hellénistes sont donc des
gens heureux, car l'un d'eux, un maître de MM. Croiset a écrit quelque part : « Il n'y a guère d'emploi plus
noble et plus délicat des facultés critiques que l'inter-
prétation des chefs-d'œuvre de l'art grec » (1). Mais qu'il
est délicat, à en juger par l'heure tardive où le goût
français a trouvé, dans l'espèce, son chemin de Damas !
Quelle longue et humiliante inintelligence de l'hellénisme ! Combien Anciens et Modernes, au xviiº siècle
sont loin de comprendre Homère ! Et chez Fénelon lui-
même, quelle prudente et un peu irritante complai-
sance à mettre en balance la faconde d'un Cicéron et
l'éloquence d'un Démosthène ! Depuis quand sommes-
nous convaincus des prodigieux mérites d'un Thucydide ? Et n'est-ce pas d'hier que nous goûtons, comme
il faut, un Aristophane et un Pindare ? Viendra-t-il
même un jour où nous ne ferons plus de développe-
ments en porte-à-faux sur la tragédie grecque ? La
faute n'en est certes pas à l'esprit français dont certaines conformités avec l'esprit grec sont visibles,
jusque dans les critiques de ses plus lourds détrac-
teurs : elle en est bien plutôt à cette roideur latine dont
nous restons les disciples au-delà du collège. C'est elle
par exemple, bien plus que son ignorance du grec, qui
fermait l'accès de Platon au souple et libre esprit d'un
Montaigne. Il y a là un problème aigu d'éducation publique où l'avenir de l'esprit français se joue en partie.
Après tant d'autres, après le regretté Charles Bigot,

---

(1) *Études sur la poésie grecque*, op. cit., p. 149.

par exemple, nous nous faisions des réflexions là-dessus, en un lieu qui y invite singulièrement. C'était,
après le trouble exquis d'une première visite au Par-
thénon, par un clair matin du printemps dernier, dans
un coin vert de la banlieue d'Athènes, au bord du ruis-
selet limpide qui a nom l'Ilissos. Nous nous prîmes
à songer alors au bon jeune homme d'Athènes qui était
venu par là, au temps jadis, serrant dévotement sous
son manteau, la dissertation fleurie d'un conférencier à
la mode, et qui, ayant par bonheur rencontré Socrate,
découvrit par la divine ironie du vieillard, le clinquant
de ce qu'il admirait et la route du vrai beau. L'esprit
français n'a-t-il pas eu trop longtemps, n'a-t-il pas encore un peu la naïveté écolière du Phèdre de Platon ?
Il a pourtant rencontré Socrate deux ou trois fois déjà,
dans ce siècle : qu'il l'écoute donc une bonne fois. En
vérité, lire MM. Croiset, c'est se promener avec Socrate
et sentir, pieds nus, la fraîcheur de l'Ilissos.

TABLE DES MATIÈRES

VERSAILLES. — IMP. CERF ET Cie, 59, RUE DUPLESSIS.

DU MÊME AUTEUR

Beaumarchais et ses Œuvres, Paris, Hachette.
Ouvrage couronné par l'Académie française . . . . . 1 vol.

De J.-C. Scaligeri Poetice, Paris, Hachette.. 1 vol.

**Précis historique et critique de la Littérature
française depuis les origines jusqu'à nos jours**,
Paris, André-Guédon . . . . 2 vol.

**Etudes littéraires sur les Classiques fran-
çais** (En collaboration avec M. G. Merlet), Paris,
Hachette . . . . 2 vol.

Lesage (Collection des Grands Ecrivains français),
Paris, Hachette. *Ouvrage couronné par l'Académie fran-
çaise* . . . . 1 vol.

Les Félibres : A travers leur monde et leur poésie. Paris,
A. Lemerre . . . . 1 vol.